P. DELPY.

NOUVELLES POÉSIES

ou

LES CHANTS

DE LA CONSOLATION

ET DE L'ESPÉRANCE

PREMIÈRE LIVRAISON.

PRIX :

1 exemplaire. **1** fr. — 5 exemplaires, **4** fr. **50**. —
10 exempl., **7** fr. **50**. — 20 exempl., **12** fr.

PÉRIGUEUX

IMPRIMERIE DUPONT ET Cᵉ, RUE TAILLEFER.

Se vend :
A LA LIBRAIRIE TARRADE,
Cours Michel Montaigne, à Périgueux.

P. DELPY.

NOUVELLES POÉSIES

ou

LES CHANTS

DE LA CONSOLATION

ET DE L'ESPÉRANCE

PREMIÈRE LIVRAISON.

PRIX :

1 exemplaire, **1** fr. — 5 exemplaires, **4** fr. **50**. —
10 exempl., **7** fr. **50**. — 20 exempl., **12** fr.

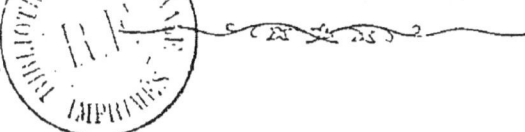

PÉRIGUEUX

IMPRIMERIE DUPONT ET Cᵉ, RUE TAILLEFER.

Se vend :

A LA LIBRAIRIE TARRADE,

Cours Michel Montaigne, à Périgueux.

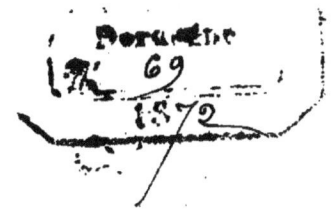

PRÉFACE.

—

« Adieu, mes vers, adieu... »
(BOILEAU.)

C'est un grand sujet de confiance et d'espoir pour un auteur, d'avoir déjà produit quelque chose lorsqu'il met un nouvel ouvrage au jour, si, bien entendu, son livre précédent a joui de quelque réputation ou au moins de quelque estime.

Pour moi, qui donne ici mes *Nouvelles poésies* au public, je puis rappeler que j'ai déjà publié mes *Essais poétiques*, et que si ce premier ouvrage n'a pas eu du retentissement dans toute la France, comme ceux de nos grands maîtres, du moins il a été remarqué et n'a point passé inaperçu, malgré l'obscurité de son auteur. J'étais extrêmement jeune quand je l'ai composé, et cependant ce livre a joui de l'estime de ceux qui ont bien voulu le lire. J'ai été très-sensible aux témoignages de cette estime que m'ont donnés certaines personnes éclairées et de bon goût : merci à elles, c'est à leurs encouragements que je dois d'avoir repris sitôt la plume.

Je me hâte d'ajouter, pour finir, que c'est une grande consolation pour un auteur, quelque jeune qu'il soit et que son ouvrage ait obtenu ou non un brillant succès, d'avoir vu la critique rester muette sur l'article de la morale : du moins peut-il dire qu'il n'a pas fait de mal, ce qui est à considérer.

J'aurais tant de choses à dire sur mon second ouvrage, que j'aime mieux garder le silence que de l'accompagner d'une longue préface. D'ailleurs le titre la résume, et le lecteur la fera lui-même : je me réserve seulement, dans ce cas, de la modifier au besoin.

NOUVELLES POÉSIES

ou

LES CHANTS

DE LA CONSOLATION

ET DE L'ESPERANCE

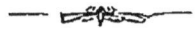

I.

LES VŒUX DE DÉPART D'UN EXILÉ.

IV.

> « L'exilé partout est seul »
> (LAMENNAIS.)

Quand donc ma délivrance ?
Que ne puis-je partir
Des lieux témoins de ma souffrance,
Où l'on ne sait point compatir !

Tu fais couler mes larmes,
Exil, affreux pays ;
Je n'ai de toi que des alarmes :
Dans mes transports je te maudis.

Le riche me méprise,
Le pauvre rit de moi :
Ma vie est une longue crise,
Toujours le deuil, toujours l'émoi.

Le mépris et l'injure,
L'amertume et l'ennui,
Tout, en un mot, tout se conjure
Pour faire autour de moi la nuit.

Tous ces bruyants convives,
Comme ils rient aux éclats !
Mes peines n'en sont que plus vives,
Puisque je souffre seul, hélas !

Et chaque jour de fête,
Je suis encore seul :
Chacun à l'ombre, sur l'herbette,
Entretient son aimable Yseult.

Parmi ces gais visages,
Ces gens si bien parés,
Il semble que par leurs usages
Ils se croient de moi séparés.

Et quand ces jeunes filles
Enchantent leurs amants,
Pour moi ces mines si gentilles
Me font souffrir mille tourments.

Ma vie est solitaire,
Je me nourris de pleurs :
C'est un tombeau que cette terre,
J'y suis cloué par mes douleurs.

De l'air ! que je respire !
Oh ! prends pitié, grand Dieu !
A moi ! je suffoque, j'expire :
Qu'on me délivre de ce lieu !

Quel charme a la patrie
Pour tout homme de cœur !
De l'exilé l'âme attendrie
A son seul nom tombe en langueur...

Falgueyrat, le 25 juin 1870.

II.

IMPROVISÉ DANS UN PETIT CERCLE D'AMIS.

VII.

« Quand partons-nous ? ce soir : demain serait trop long.
. . . .
Je veux voir des combats, toujours au premier rang ! »
(VICTOR HUGO.)

Deux belles d'un côté, de l'autre un brave ami,
Bonne chère, bon vin, le nectar de Voltaire,
Ce sont de ces moments qui sont rares sur terre,
Et qui font loin de vous toute sorte d'ennui.

Mais quoi, jeune poète, eh quoi ! ta muse rêve !
Tu sembles ignorer ce qui se passe au Rhin ?
Pendant que nos soldats ne font ni paix ni trêve,
Peux-tu rester ainsi le front calme et serein ?

Non, non, oh ! pardonnez, je vais jeter ma lyre :
C'est le glaive et le feu qu'il faut dorénavant,
Car j'éprouve en mon cœur un sublime délire,
Et la patrie est là, qui me crie : en avant !

Bouniagues, le 11 août 1870.

III.

CONSEILS AU ROI DE PRUSSE.

VIII.

« Mais craignez que vos airs bachiques
Ne réveillent les morts de leur repos sanglant. »
(Alfred de Musset.)

Roi de Prusse, un conseil ; ne le crois inutile :
Souvent un mot d'enfant sut n'être point futile,
Et dans ces quelques vers, sans travail alignés,
Des mots judicieux, du sage soulignés,
Devraient sans doute, ô roi, pour un cœur magnanime,
Réveiller des échos, à la voix qui m'anime.

Guillaume, écoute donc mon souffle inspirateur.
Trop loin en quelque chose, a dit un sage auteur,

Est un excès, un mal, erreur toujours funeste,
Qui fait place aux remords, seul bien qui nous en reste.
Eh bien ! regarde, ô roi, considère, en effet,
Le chemin que tu prends, tout le mal déjà fait,
Et tu verras alors dans quelle horrible voie
Tu diriges ton char, où ton ministre aboie.
La guerre a commencé ; qui la cherchait ? —Bismark.
Le premier, l'empereur, a pris la flèche et l'arc,
La guerre est déclarée : à qui la faute, sire ?
Mais laissons ce terrain, avant tout je désire
M'adresser à ton cœur plutôt qu'à ton esprit.
Eh bien, je le concède, accorde en cet écrit
Que notre ex-empereur, dans son erreur fatale,
Ait provoqué d'abord ton aigle si brutale.
Elle s'est défendue, elle a volé sur nous ;
De son regard féroce elle a plané sur tous.
Grâce au quatre contre un, à vos immenses piéges,
Vous nous avez... mais non ! noble orgueil, tu m'assiéges,
Et tu dis à mon cœur, faiblement consolé :
Ils foulent sans honneur ton pays désolé...
Lorsque contre le fort le faible tient, résiste,
La gloire en est à lui, lors même qu'étendu
Il céde le terrain et que nul ne l'assiste :
Il est mort, il est vrai, mais il ne s'est rendu.
Guillaume, oui, sur nous des semblants de victoire,
La force sur le droit, la chance aléatoire,
Tout cela, je le veux, a bien pu t'enivrer.
Mais songe bien, ô roi, de ne plus délirer.
Tu te dis attaqué, ta vengeance est finie,

Et si tu vas plus loin, ta gloire en est ternie,
Eh quoi ! pour t'assouvir, n'en est-ce pas assez ?
Te faut-il d'autre sang pour finir ton ivresse ?
Ah ! malheureux, contemple et vois pour tes succès
Que de sang, que de pleurs, quel deuil, quelle détresse !
La mère au désespoir... le père consterné,
Le frère sanglotant, la sœur inconsolable,
La mort, toujours la mort, et le cri lamentable
D'un peuple qui se croit sous la ruine enfermé !

Malheur à qui n'a point de borne en sa vengeance !
La foudre sur sa tête est tout près d'éclater.
O roi, tu perds en Dieu tout espoir d'indulgence :
Tes victimes, ô prince, il saura les compter !

O guerre, guerre impie, infâme et criminelle !
Tu sembles ici-bas une flamme éternelle
Qui veille sous la cendre et s'élance souvent :
Et nous avons de même et l'orage et le vent.
Qui peut t'avoir créée, affreuse, horrible guerre ?
Bien sûr, ce n'est pas Dieu : c'est l'orgueil sur la terre,
C'est la mort, c'est l'enfer, ennemis des humains.
Dans leur sang l'un de l'autre ils vont plonger leurs mains ;
Quoique frères entre eux, la fureur les anime,
L'homme cherche dans l'homme à faire sa victime !
N'est-ce donc pas assez de nos maux d'ici-bas,
Sans nous traîner ensemble, égorgés, au trépas ?

Un roi tout paternel est une Providence ;
C'est l'ombre du Seigneur que nous voyons en lui :

C'est le père de tous, de tous c'est l'assistance ;
Cet auguste pasteur est pour tous un appui.
Qu'il conserve longtemps un règne bien prospère,
Qu'il soit béni du peuple, et pleuré comme un père,
Et qu'il brille là-haut auprès du Seigneur Dieu !
Mais anathème au roi plein d'un sombre égoïsme,
Qui va, fatale erreur ! pour un faux héroïsme,
Sacrifier un peuple et mettre tout en feu !
Quels sont les châtiments que mérite ce traître,
Indigne de son trône et de régner en maître ?
C'est bien un scélérat, vomi par les enfers,
Pour souiller de tous maux la malheureuse terre,
Et jeter sur le peuple un manteau de misère !
Que mériterait-il pour tant de maux soufferts ?
Ce qu'il mériterait ? que toutes ses victimes,
Qu'il ne comptait pour rien avant d'être au cercueil,
En le foulant aux pieds, au bord des noirs abîmes,
Lui dissent : « Nous comptions aux jours de ton orgueil ! »

Je ne parlerai pas de notre pauvre France :
Insensible à ses maux, à sa grande souffrance,
De ton sourire affreux tu briserais mon cœur.
Mais où vas-tu, Guillaume, en courant en vainqueur ?
C'en est assez, écoute, efface tes victoires :
Sois royal, sois humain ; et pour conclusion,
Donne la paix et pars, voilà toutes tes gloires :
Exiger une obole est une illusion.
Demander la Lorraine et demander l'Alsace !
Y penses-tu, gros roi ? d'où te viens ce projet ?

Ce peuple de héros qui résiste et te lasse,
Pour se donner à toi serait assez abject ?
N'y compte pas, Guillaume ; et tu voudrais encore
De l'argent, nous dit-on, de l'or, des milliards ?
Ah ! oui, dévastant tout du couchant à l'aurore,
Vous osez, Prussiens, oh ! infâmes pillards !

Guillaume, arrête donc cette ardeur qui t'enflamme:
Le cruel désespoir centuple les efforts :
Le faible enfin s'indigne et terrasse les forts.
Crains d'éveiller Martel, ô nouvel Abdérame.
Tu pourrais payer cher, ô barbare Attila :
Notre vieux Mérowig pourrait se trouver là,
Sortant, pour t'arrêter, de sa poudreuse tombe ;
Si d'un vol furieux sur toi l'aigle retombe,
Que feront tes uhlans, ta poudre et ton canon ?
Tremble et crains le réveil du grand Napoléon.

Si ce n'est aujourd'hui, plus tard, demain peut-être,
La revanche en fureur relèvera ton maître ;
Et ton maître c'est nous ! — L'avenir répondra.
Dans ton cruel massacre un jour commence à naître ;
L'invincible avenir saura bien te remettre :
Ton boulet sur toi-même un jour rebondira.
Tu lègues à ton peuple un second Iéna.

Roi de Prusse, une fable ; en deux mots elle est dite :
Elle contient le moins qui puisse t'advenir ;
Et lorsque parlera l'ambition maudite,
Redis la fable, ô roi, dans ton frais souvenir.

Fable.

Dans le milieu d'une prairie,
L'on voyait parmi le troupeau
Deux béliers, l'honneur de cette bergerie ;
On les citait dans le hameau
Comme chose fort remarquable,
L'ornement de la grande étable
Du puissant maître du château.
Mais sur le bord d'une onde pure,
Tous les deux se désaltérant,
Ils se miraient dans le courant :
Belles cornes, ma foi, surtout belle stature,
Quel port, quelle toison, quelle forte structure !
Et chacun d'eux avait le droit
De se croire chose étonnante ;
Mais chose encor plus surprenante,
Comme s'ils étaient à l'étroit,
Nos champions avec leurs cornes
Se heurtent, se blessent partout,
Et leur colère n'eut de bornes,
Et ne se termina surtout,
Que lorsqu'enfin tous deux ensemble,
Après s'être si bien touchés,
A demi-morts furent couchés.
Lecteur, dis-moi ce qu'il t'en semble ?
Le reste du troupeau,
La brebis et l'agneau

Pouvaient rire de l'aventure ;
Mais comme ils ont bonne nature,
Ils déplorèrent en bêlant
Ce combat funeste et sanglant.

Montfort, le 21 octobre 1870.

IV.

SUR LE SILENCE INQUIÉTANT

DES FEUILLES PUBLIQUES, PAR RAPPORT A LA GUERRE.

XIII.

(Ode.)

> « Proinde, ituri in aciem, et
> » majores vestros et posteros
> » cogitate. »
> GALGACUS.

On nous disait pourtant : au Seigneur rendez grâce,
    Français, réveillez-vous !
De nous persécuter la fortune se lasse,
Et le Dieu des combats se déclare pour nous.
    Sur divers points de notre France
    Ses braves enfants ont frappé ;
    Réveillez-vous pleins d'espérance,
    Achevons notre délivrance,
A la ruine, à la mort, nous aurons échappé.

Nous avions foi dans ces douces paroles,
Nous nous livrions à quelque heureux espoir :
Nous disions, pleins d'élan : ils vont changer les rôles,
Et les premiers de tous nous allons nous revoir.

Pourquoi maintenant ce silence ?
  Aurait-on calculé
De nouveaux plans, d'autre prudence ?
S'en tient-on à la vigilance ?
  Aurions-nous reculé ?

Il est vrai, nous avons un jeune Démosthène :
Il ne nous manque plus qu'un brave Phocion,
Pour arrêter Philippe en sa marche hautaine,
Et conserver l'honneur de notre nation.

  Allons, Français, courage !
   Levez-vous,
   Frappez tous,
  Faites un horrible carnage :
  C'est votre glorieux ouvrage,
  Et ce tableau nous sera doux.
  Que du Prussien le sang s'écoule !
  Frappez, soldats ! nous vous suivons,
  Et notre France nous sauvons
  De cette immense et noire foule :
   Que leur sang coule,
   Et que l'eau roule
  Les ennemis que nous avons !

Ne serions-nous donc plus les mêmes ?

Au moment du combat, de peur serions-nous blêmes ?

    Rappelons l'antique valeur

    Qui des Français faisait la fleur

    Des enfants de Bellone :

Que le fer brille donc et que la poudre tonne !

    Ah ! de nos rangs au front d'airain

    Que la mort vole et le ravage,

    Et que tout le long du rivage

Le sang de l'ennemi gémisse en son chemin.

O soldats, mes enfants, vengez donc notre mère :

Votre rôle à remplir est admirable et beau..

Soldats, le glaive au poing, d'une course légère,

Chassez, en bondissant, ces Huns comme un troupeau.

    Le présent vous contemple.

Songez qu'à l'avenir vous devez un exemple.

Frappez ! et que les morts tressaillent au tombeau !

Une fille a conquis une gloire éternelle,

    En chassant l'étranger :

Et vous, braves soldats, vaudriez-vous donc moins qu'elle ?

Qu'il serve, son exemple, à vous encourager !

Heureux qui sait mourir au cours de sa jeunesse !

Il évite les maux de la triste vieillesse :

    De ses ans il a vu la fleur !

Que lui resterait-il ? l'hiver et la douleur.

Qu'il rende grâce à Dieu, certes, loin de se plaindre !

Et d'ailleurs ceux qui fuient, sont ceux qui doivent craindre :

Ils semblent, en effet, défier le trépas,
Pour savoir qui des deux hâtera plus le pas ;
Mais la mort a bientôt remporté la victoire,
Et frappés par derrière, ils tombent : quelle gloire !
   Le courage est un bouclier ;
Et si votre destin a désigné votre heure,
Eh bien, puisqu'à son tour il faut que chacun meure,
Heureux qui meurt en guerre ! on ne peut l'oublier :
Le nom de son combat le rappelle, on le pleure ;
A celui du combat son nom va se lier.

Courage donc, courage ! allez en confiance :
Marchez avec ardeur, courez avec transport :
   L'assurance éloigne la mort.
Retrouvez du Français l'héroïque vaillance.
Faut-il mourir ? eh bien ! succombez en guerriers ;
   Que pour l'honneur on meure, on tombe,
   Et pour ombrager votre tombe
Bientôt de votre sang naîtront de verts lauriers.
Au lieu des vains regrets d'une timide bouche,
La gloire d'un sourire embellira vos pleurs :
Mieux vaut mourir ainsi que sur une humble couche,
   Dévoré de longues douleurs.
Vous ne mourrez point seuls : aux rayons de la gloire,
Vers un brillant séjour vous prendrez votre essor,
Non sans avoir plus tôt commencé la victoire :
Frappez donc ! et vengez d'avance votre mort.

Souvenons-nous de la patrie ;
Dans son angoisse elle nous crie :
    Mes enfants, vengez-moi ;
    Voyez le sombre émoi
Qui me présente l'agonie,
Et semble m'annoncer la mort !
Ah ! tressaillez au triste sort
Qui vous menace avec vos femmes.
Délivrez-moi de ces infâmes.
N'êtes-vous plus les fils des héros d'Iéna ?
    Ecoutez leur voix d'outre-tombe,
Sur vous leur parole retombe :
    « La mort peut faire qu'on succombe,
Jamais à reculer la peur nous condamna. »

    Oui, nous suivrons votre vaillance,
O vous, qui dans le feu vous vous êtes lancés ;
    Nous n'aurons pas de défaillance :
Dieu sera là pour nous, soyons toujours Français.

Lacassagne, le 25 décembre 1870.

V.

LAMENTATIONS SUR LES MALHEURS

DE LA FRANCE.

(Ode.)

« Elle est délaissée, la maîtresse des
nations... Elle pleure, et per-
sonne ne la console.
O vous tous qui passez dans le
chemin, voyez s'il y a une
douleur semblable à la mienne.
.... Le débordement de tes maux
est semblable à une mer. »

(JÉRÉMIE, *Lamentations.*)

O vous, nations impassibles,
Et vous, peuples de l'avenir,
Soyez attentifs et sensibles
Aux maux qui devaient survenir
A notre pauvre et chère France ;
Voyez s'il est une souffrance
Qui n'ait su nous humilier :
Et sera-t-il possible à croire
Qu'un tel pays, brillant de gloire,
La fortune ait pu l'oublier ?

Peuples, est-il des maux qui dépassent les nôtres ?
Que de malheurs, hélas ! l'un à l'autre enchaînés !
Par un fatal destin nous sommes entraînés ;
Comme frappés de Dieu nous paraissons aux autres...
A côté de nos maux, peuples, que sont les vôtres ?
Nous sommes tous en deuil, abattus, consternés.

> Quels sont les crimes effroyables
> Que la France aurait donc commis ?
> Tant de revers impitoyables
> Devraient-ils nous avoir punis !
> Fatalité, tu m'es horrible :
> Dans notre épreuve si terrible
> Tu ne nous laisses respirer :
> Toujours de nouvelles alarmes,
> Et lorsque s'arrêtent nos larmes,
> Tu nous fais encor soupirer !

D'abord c'est Wissembourg ; là l'incendie éclate :
Par un fatal destin nous sommes outragés ;
Cruellement surpris, tous sont découragés ;
Mac-Mahon est battu, lui dont l'ardeur nous flatte :
Le sang partout s'écoule en manteau d'écarlate,
Et par l'affreuse mort nous sommes ravagés.

> Et pour combler notre infortune
> Et nous faire courber le front,
> O fatalité peu commune,
> Encore un plus sanglant affront !

Sédan... jour à jamais néfaste,
Où l'horizon devient plus vaste,
L'horizon de nos grands malheurs !
Trois jours d'un horrible carnage...
Et vient compléter le ravage
Sédan avec de nouveaux pleurs !

Avec quelle vitesse horrible, foudroyante,
Sur nos têtes, grand Dieu, se rassemblent les maux !..
La République en vain fait des efforts nouveaux :
Notre part est le deuil, la fuite humiliante !
Pendant qu'aux loups du Nord la chance est souriante,
Pour nous, pauvres Français, le deuil et les tombeaux.

Et pour achever notre perte,
Faut-il, ô destin odieux !
Après tant de peine soufferte,
Perdre d'inexpugnables lieux !
Dois-je te maudire, ô Bazaine ?
Si ta trahison est certaine,
Sois honni pour un tel forfait.
Oh ! sois maudit ! ta résistance
Etait grand poids dans la balance,
Quel mal tu ne nous as pas fait !

Nos jeunes légions, sur les bords de la Loire,
Semblaient au fond des cœurs rallumer quelque espoir :
Déjà sur plusieurs points leur valeur se fait voir,
Et nos jeunes héros se forment à la gloire...

Hélas ! c'en est donc fait après une victoire,
Et cet enchaînement peut-il se concevoir ?

Plus tard c'est Paris qui se livre,
Enfin à bout de tant souffrir :
Nouveau succès qui les enivre,
Ils ont la clef pour tout ouvrir.
Et pour augmenter ce sinistre,
Faut-il encor qu'on enregistre
De nouveaux désastres de plus !
C'en est fait ! cruelle fortune,
Notre détresse t'importune,
Nos ennemis sont tes élus !..

Généreux Bourbaki, ton âme trop ardente
D'un malheureux échec n'a pu souffrir le coup.
Sur tes soldats du Rhin, oui, nous comptions beaucoup ;
De ton bouillant courage on avait bonne attente.
Mais toujours les revers... et d'une voix dolente
On déplore ta mort, tragique contre-coup.

Pleurons, le désespoir dans l'âme !
C'en est fini, tout est perdu,
Et contre cette race infâme
En vain nous avons combattu !..
Et c'est nous, nation du monde
En vrais héros la plus féconde,

Nous glorieux peuple français,
Qui recevons l'affront insigne
De céder à ce peuple indigne ?
Par lui nous sommes éclipsés ?

Mes chers amis, pleurons sur la fortune instable.
Notre patrie en deuil ne peut plus que pleurer...
Peuples, voyez nos maux, sachez les déplorer.
De ruines, de carnage, un tableau nous accable ;
De Dieu nous subissons le courroux implacable :
Voyez, est-il un deuil au nôtre à comparer ?

Mais viendra le jour salutaire,
Où dans le sang de nos vainqueurs
La revanche éclatante, entière,
Retrempera nos pauvres cœurs.
Nos maux viennent de la faiblesse
Que l'abondance et la mollesse
Devaient amener dans nos rangs ;
De nos funestes dissidences,
De nos coupables négligences
A surveiller les pas des grands.

Mais corrigés, instruits par l'infortune amère,
Sur nos grands intérêts rendus plus attentifs,
Nous nous retremperons jusques aux plus chétifs ;
Et notre adversité ne sera qu'éphémère.
Puissions-nous voir bientôt, patrie, auguste mère,
Nos ennemis rossés, à grands pas fugitifs !

Lacassagne, 4 février 1871.

VI.

RAPIDITÉ DE LA VIE DE L'HOMME.

XVII.

« Homo, natus de muliere, brevi
vivens tempore, repletur mul-
tis miseriis. »

(Job.)

« Les hommes passent comme
les fleurs qui s'épanouissent
le matin, et qui le soir sont
flétries et foulées aux pieds...
Rien ne peut arrêter le
temps... »

(Fénelon.)

« Tu voudrais t'arrêter... non,
non, marche, marche. »

(Bossuet.)

O néant de la vie, à quoi donc s'attacher !
Vers quels objets charmants un cœur peut-il pencher?
　　　Lorsque sourit la jouissance
Et que nous nous courbons pour cueillir une fleur,
Le charme disparaît au souffle du malheur,
　　　Qui nous abat sous sa puissance...

La joie et le bonheur se montrent à nos yeux,
Ils semblent approcher au gré de tous nos vœux ;

Bientôt, illusion cruelle,
Tout a changé d'aspect : la terre sous nos pas,
Glisse loin du plaisir, et vers le noir trépas,
Fait voir sa pente naturelle !

C'est ainsi que l'enfant tout petit, ange encor,
A son ciel bleu sourit, à son étoile d'or,
Dont un rayon son front colore :
A lui les tendres soins, les innocents plaisirs :
Heureux dans sa candeur, il n'a d'autres désirs
que de garder sa douce aurore.

Il ne demande pas, oh ! non, le pauvre enfant,
Aux portes de la vie, à courir plus avant :
Il se contente des fleurettes
Qu'il rencontre d'abord sur son petit chemin :
Tel, mon esprit rêveur, aux bornes du matin,
Du corps du jour ne t'inquiètes.

Mais le temps, si rapide, à ce pauvre petit
Fait voir une autre scène, et dans son cours maudit
Le transporte à l'adolescence.
Il a d'autres plaisirs, un plus vaste horizon,
Mais aussi plus de peine, et moins qu'une saison
Semble durer sa jeune enfance.

Déjà sur son beau front voltigent les soucis :
Obéir, travailler, apprendre à vivre, et puis

Se faire aux amères tristesses.
Et s'il est affligé, s'il est triste et pensif,
A notre expérience il doit être attentif,
Et non plus à tant de caresses.

Mais le temps de son aile excite encor ses pas,
Sous un ciel plus brillant, à de plus forts appas
Semble enthousiasmer sa vie.
Le jeune homme a vingt ans, la vierge en a dix-sept :
C'est la jeunesse en fleur, et tout, comme on le sait,
Alors à l'amour nous convie.

C'est bien ! la vie est belle à l'âge des amours :
On est fort, on est libre, on coule d'heureux jours,
Et beauté pour beauté soupire.
On est de ses parents et l'orgueil et l'appui,
L'espoir d'un tendre amour, et s'il est quelque ennui,
Ce n'est qu'un amoureux délire.

La vie alors s'écoule en charmes, en transports :
On est enfin venu sur ces fortunés bords
Qu'ignore l'enfance candide,
Que la vieillesse, hélas ! regarde avec regrets ;
Tous charmes, tous plaisirs, tous agréments sont près :
La vie alors s'en va limpide.

Age d'or de la vie, oh ! que ne dures-tu !
Age trois fois heureux, où l'aimable vertu

Fait de plus vives étincelles ;
Où les rêves sont d'or, la vie un doux banquet,
Où chaque jour enfin est un nouveau bouquet :
    Pourquoi du temps suis-tu les ailes ?

Mais non, il faut passer : encor quelques instants,
Et nous voyons s'enfuir ces beaux jours, ce beau temps :
    C'est une loi de la nature.
Quel que soit le chemin, il glisse sous nos pieds,
Que nous soyons heureux, ou tristes, inquiets :
    L'onde s'en va, soit sale ou pure...

Comme il s'envole, hélàs ! cet âge fortuné,
Ce rivage est si beau, son air si parfumé,
    Que l'on voudrait y jeter l'ancre...
Mais non, l'onde s'en va, l'esquif est déjà loin ;
Du rivage des fleurs bien vite il s'est disjoint,
    Et sous d'autres climats il entre...

C'est l'âge des soucis, des peines, des travaux :
La femme apprend alors de ce monde les maux;
    Et ce qu'il coûte d'être mère.
Où l'éclat de ses yeux ? qu'est devenu son teint ?
Où le vif incarnat, sur son visage peint ?
    Et d'où vient cette ride amère ?

A cet âge du moins, de force encor rempli,
Libre d'infirmités, du travail accompli

On a la juste récompense,
On a ses agréments, on est maître, on est roi ;
Mais bientôt faible et lourd on traîne avec effroi
    Dans la vieillesse sans défense.

La vieillesse ! ah ! quel mot ! vit-on alors, grand Dieu !
De tout on se sépare, à tout on dit adieu,
    Et l'esprit n'a d'autre pâture
Qu'un rêve du passé, qu'un long regret divers,
Lorsque le pauvre corps, courbé dans ses hivers,
    Meurt chaque jour à la nature.

Et puis c'est le trépas, c'est la nuit du tombeau !...
Mais pourquoi s'effrayer ? ce jour est le plus beau :
    C'est le plus fortuné rivage
Pour qui de l'Homme-Dieu suivit la sainte loi ;
Et lui paraît là-haut, où le guidait sa foi ,
    Cette vie un long esclavage !

Lacassagne, le 10 mars 1870.

VII.

ROSEMONDE,

Élégie et romance chevaleresque.

XXIII.

> « Il trace sur la pierre
> Le serment de l'honneur,
> Et va suivre à la guerre
> Le comte son seigneur.
> Au noble vœu fidèle,
> Il dit en combattant :
> Amour à la plus belle,
> Honneur au plus vaillant !
>
> (DE LABORDE.)

Qui donc me rendra ma dame,
Lorsque je reviens vainqueur ?
Elle était toute mon âme,
Elle a ma vie et mon cœur.
Si vers l'infidèle monde,
J'ai guidé mes pas hardis,
C'est pour avoir Rosemonde :
Pour son père je partis.

Ce seigneur, alors sur l'âge,
Jadis guerrier valeureux :

« Pars, me dit-il, prends courage,
Va pour moi, reviens heureux !
Toi seul digne de ma lance,
Elle, ami, te la ceindra :
Va, que ton coursier s'élance,
Va, ma fille t'attendra ! »

Et contre les infidèles
De fureur j'étais brillant :
Dans nos rencontres cruelles
Je frappais, jeune et vaillant.
Et maintenant de ma gloire,
Où trouverais-je le prix ;
Mon glaive, après la victoire,
Où sont ceux dont je t'ai pris ?

Ah ! dites-moi mon amante,
Et son père, mon seigneur !
Faut-il que je me lamente
Où je croyais mon bonheur ?
Dis, manoir, à l'aspect sombre,
Qu'as-tu fait de ses beaux jours ?
Et ne trouve-t-on que l'ombre
Aux escaliers de tes tours ?

Quels doux souvenirs se pressent
Dans mes pensers contristés,

Devant tes murs qui se dressent
Non joyeux, mais attristés !
Oh ! dis-moi, verte charmille,
Pourquoi ne me rends-tu pas
La gaîté de sa famille,
En voyant nos doux ébats ?

Et toi, couche virginale
Dans son suave boudoir,
A l'aurore matinale
Me la feras-tu revoir ?
Lorsqu'un matin par mégarde,
Dans sa chambre je rentrai,
Le sommeil était sa garde,
Quel tableau j'y rencontrai !

Et toi, coursier si rapide,
Qu'as-tu fait, beau palefroi,
De l'écuyère intrépide,
Dont se fût épris le roi ?
Hélas ! quand j'y pense encore...
Mais, adieu ! je ne l'ai plus,
Et du soir jusqu'à l'aurore,
Mes pleurs seraient superflus !

Un couvent au front austère
Pourrait-il la posséder ?

A-t-elle quitté la terre
Pour au ciel intercéder ?
Ou bien dans les bras d'un autre
Serait-elle loin d'ici ?
Nos deux cœurs étaient « le nôtre, »
Non, il ne peut être ainsi.

Mais, infortuné, peut-être
Ils vont partout me chercher !
Vite je vais me remettre
En tous lieux à chevaucher.
Allons, mon coursier, sois leste,
Par monts et par vaux courant ;
Et jusqu'au séjour céleste
Je suis chevalier errant...

Lacassagne, le 19 mai 1871.

VIII.

LES CHASSEURS.

XXV.

Il cane,

« ... Trovando le Vestigia impresse
Della timida lepre, o pur del cervo,
Arriva là, dove si fende e parte
Una strada in più strade, e' ntorno a' primi
Principy delle vie s'avvolge e gira,
Odorando i sentieri, o i passi sparsi :
E fra sè stesso in questa guisa intanto
Sembra sillogizzar : La vaga fera
O'n quella parte, o'n questa ha volto 'lcorso,
O per quest'altra almen s'indrizza e corre :
Ma non sen va per questo, o quel sentiero,
Dunque per questo calle i passi affretta. »

(TORQUATO TASSO.)

I.

Chacun pour passe-temps choisit son jeu divers :
L'un se promenera, l'autre lira des vers ;
L'un cherche au vert tapis choc à choc deux ivoires,
Pendant que l'autre en paix raconte des histoires.
Celui-ci bat la carte, et, dans un autre lieu,
Celui-là dans le bal est déjà tout en feu.

Ainsi, toujours plus près de notre dernière heure,
Tantôt d'un pas joyeux, tantôt d'un cœur qui pleure,
Vers un monde inconnu dont le seuil est la mort,
Nous tous, pauvres mortels, accourons à ce port...
Mais faut-il donc pleurer sur le douteux voyage,
Et marche-t-on plus sûr lorsqu'on va languissant?
Si nous attend là-haut un céleste héritage,
Allons d'un œil joyeux, d'un cœur raffermissant.
Le devoir accompli, doublons notre mérite :
Faisons, faisons le bien pour ici, pour là-haut,
Mais laissons le chagrin au cœur sombre, hypocrite,
Et, si Dieu le permet, jouissons quand il faut.

II.

Mais des distractions du monde
Celle qui me plairait des mieux,
Et que je crois la plus féconde
En faits divers et curieux,
Hasards, surprises, espérances,
Succès divers, parfois trompeurs,
En vrais plaisirs comme en souffrances,
C'est pour moi celle des chasseurs.

III.

La chasse ! ah ! dans ce mot sont bien des aventures.
Cet essaim de chasseurs, aux guerrières postures,

Comme des chevaliers errants
Suivent le grand chemin, le sentier, la colline,
Et descendent là-bas, où le vallon s'incline,
Tantôt franchissent des torrents.

IV.

Ils s'en vont çà et là sur la vaste esplanade.
Leurs chiens aboient au loin... bientôt la fusillade
Réveille les échos et fait flotter dans l'air
Un nuage léger, qui s'étend et se perd.
Le berger, curieux, accourt, un peu timide,
Pour voir si c'en est fait d'un gibier si rapide.

V.

Sur le front des rochers ils paraissent parfois ;
Au pied l'eau coule,
Et se déroule
Le long d'un bois.

VI.

Et d'un pas inégal sur le contour qui penche
Ces fiers chasseurs, le fusil sur les mains,
Vont, regardant, sans trouver une branche
Aux spacieux chemins,
De la pente aux ravins.

VII.

Tantôt dans la forêt, à l'ombre du feuillage,
Nos chasseurs vont, rêvant, salués du ramage
Que chantent à l'envi ces innocents oiseaux,
Voilés par la feuillée, auprès de leurs berceaux.
Ils iront dans les champs, aux côteaux, dans les plaines,
Par les prés, en tous lieux, dans leurs chasses lointaines.

VIII.

En chevaliers errants, allez, chasseurs, rêvez !
Chantez, parlez, pensez à l'aise, vous pouvez !
Vous avez le bel air, l'espace et de beaux sites,
La liberté, vos chiens, qui poussent leurs visites
Où leur flair les conduit, et qui, pour varier,
Lancent à vos regards le timide gibièr.

IX.

Le chasseur, attentif, debout sur une crête
Pendant un beau matin, dès les premiers rayons,
Offre un tableau riant, où certes je regrette
De ne pas me trouver, à nous deux compagnons.

X.

Les chiens par-ci par-là, chercheurs infatigables,
Font des abois pressés, souvent interrompus ;

D'ardeur et de talent se montrent admirables
Pour suivre du gibier les sauts toujours rompus.
J'aime à les voir aussi courant sur quelque cîme,
En agitant la queue et baissant le museau ;
Mais bientôt le coup part... et ce bruit les anime :
Ils brillent au soleil , sous son divin réseau.

XI.

C'est un coup bien tiré : le lièvre roule à terre
Et puis au havre-sac en triomphe il est mis :
Ce seront des oiseaux , qui de la branche altière ,
Ou même dans leur vol , au plomb seront soumis ,
Pour tomber au regard du chasseur qui s'empresse,
Fier de gonfler son sac de cette autre prouesse ;
C'est le gibier manqué , lorsqu'il était pourtant
Facile de l'atteindre et presque à bout portant ;
Ou bien , blessé de loin , il s'est sauvé sans doute ,
Et le chasseur , frustré , cherche , regarde , écoute ;
C'est un coup au hasard , et qui de loin tiré ,
Atteint d'abord au but qu'on n'avait pas miré ;
Puis c'est le son du cor : il marque la distance,
Et les lieux respectifs de chaque compagnon ;
Il rappelle les chiens et d'un vaste silence
Réveille ces endroits , leur fait changer de ton.

XII.

C'est le petit festin qu'ils prennent sur l'herbette ;
C'est la bergère au bois , c'est le gentil hameau ,

D'où la belle aux croisées observe le plus beau ;
C'est le moutier en deuil, le manoir qui du faîte
Groupe ses pans brunis sous un sombre manteau ;
C'est souvent la fatigue au retour de leur chasse ,
Mais nos héros du moins reviennent tout gaîment ,
Et parfois chez l'un d'eux un régal les délasse ,
Et les console alors de tout fâcheux moment.

XIII.

Hé bien ! répondez-moi , vous qui de cette sorte
N'entendez point couler vos heures de loisir :
Aux récréations que plus haut je rapporte ,
Trouvez-vous sans regret un aussi pur plaisir ?
Au jeu, la passion se peint sur votre mine ,
La passion du jeu qui veut tenter toujours ;
Sur la voix du devoir l'amour du gain domine ,
Au jeu vous resteriez et des nuits et des jours.
Etes-vous à causer ? hélas ! tant de paroles
Pourront-elles s'enfuir dans leur rapide essor
Sans ne froisser jamais, en quelqu'un de vos rôles,
D'un coup d'aile, en passant, l'évangile au front d'or !
Vous dansez ! en amour, ah ! c'est bien autre chose,
Et parfois le buisson s'y trouve et non la rose.

XIV.

Oh ! vivent les chasseurs et leur beau passe-temps !
Ils partent pleins d'espoir et retournent contents :

Au large sous le ciel, à l'aise l'on respire ;
On est fort et vaillant, et la chasse n'inspire
Ni les mauvais desseins, fruits d'une passion,
Ni la coupable intrigue, œuvre d'ambition ;
Et si quelque tristesse au fond du cœur s'éprouve,
Aux champs, Dieu pour témoin, plus fort on se retrouve.
C'est un noble exercice, et celui qui s'y rend
Doit paraître à chacun quelque chose de grand.

Lacassagne, le 13 juin 1871.

IX.

TRISTESSE.

XXVII.

« Miserere nostri, Domine ! miserere nostri. »

« J'ai perdu ma force et ma vie,
Et mes amis et ma gaîté. »

(ALFRED DE MUSSET.)

« Tout n'est qu'images fugitives,
Coupe d'amertume ou de miel. •

(J. REBOUL.)

« Che più curarci di questa valle
di pianto ? »

(PAOLO SEGNERI.)

O ma mélancolie, encor tu me reviens,
Et de ton triple front tu refrappes mon âme !
Sur trois sujets divers maintenant tu me tiens :
Le temps et ma patrie, et puis enfin ma dame...

Le temps ! est-il étrange au cours d'un si beau mois !
Le radieux soleil ne paraît que parfois,
Et bientôt se retire en ne laissant que l'ombre,
Comme si nous n'étions que dignes d'un temps sombre.
Un temps sombre, grand Dieu ! n'en est-ce pas assez ?
Après tant de malheurs, de cruels insuccès,

Après nos durs combats de frère contre frère,
Faut-il encor, grand Dieu, supporter la colère
D'un temps froid, pluvieux, maussade et variant,
Qui s'obstine à nous faire, au lieu d'un mois riant,
De tristes jours de mars ; et qui sur nos récoltes
Refuse sa chaleur ! soleil, tu te révoltes
A l'aspect malheureux de notre terre en deuil,
Et loin de le franchir, tu voiles ton beau seuil,
Comme pour balancer, d'un courroux formidable,
Si tu nous laisseras le bien si désirable
Que nous offre la terre, ou si tu laisseras
Dépérir tous ces fruits des sueurs de nos bras.
Qu'il s'est fait donc, grand Dieu, de mal sur cette terre,
Pour verser sur nous tous l'affliction amère !
Et pouvons-nous encor compter sur vous, Seigneur ?
Ou devons-nous plutôt nous croire avec terreur
Vos maudits condamnés, bannis d'un si bon maître,
Et près d'autres douleurs, de notre fin peut-être !
Apaise, ô juste Dieu, ton terrible courroux,
Pardonne enfin, pardonne et tourne-toi vers nous :
Que nous ne soyons plus les objets de ton ire,
Mais que nous te chantions dans notre saint délire !

Ma patrie ! ô grand Dieu, de quels terribles maux
N'est-elle pas frappée ! et seulement deux mots
Suffiront pour la peindre en ses habits de larmes.
La guerre l'a ruinée ; encor d'autres alarmes :
Pour l'achever enfin, ô sort le plus affreux,
Ses stupides enfants se déchirent entre eux.

O malheureux Paris, est-ce donc bien possible,
Que rempli de fureur, d'une rage indicible,
Tu veuilles sur toi-même appeler les enfers,
Et fondre dans le feu tes douleurs et tes fers !
O superbe Paris, quel désespoir suprême !
Aller, la torche en main, te consumer toi-même !
Quelle rage, dis-moi, quelle immense douleur,
Pour embraser ton sein d'une horrible lueur !
Parce que ses palais fondent comme la cire,
Parce que de courroux lui-même il se déchire,
Efface-t-il les maux venus de potentats ?
Est-il mieux garanti par tous ces attentats ?
O cruelle fureur, ô nation aveugle !
Comme piqué d'un taon le bœuf s'élance et beugle,
Ainsi tu te débats, te meurtrissant le front !
Comme sous l'ouragan la nef chancelle en rond,
Tu t'agites ainsi dans la tourmente amère !
Tes aspirations, ô patrie, ô ma mère,
Ont peut-être pour but le juste avec le grand,
Mais on doit s'assurer du chemin que l'on prend.
La modération doit montrer ses étoiles,
Ou vers de noirs écueils nous conduisent nos voiles.
Il manque à ton vaisseau l'ancre et le gouvernail.
O troupeau furieux, tu brises ton bercail !
Comme l'onde en courroux, qui renverse une digue,
Peuple, tu fais ainsi, tu détruis sans fatigue.
La force t'appartient; mais sans discernement,
Tu frappes, égaré, ton cruel châtiment !

Mais peut-être, soupçon qui me les rend infâmes,
Les Prussiens ont-ils, déguisés, mis les flammes
Au sein de ce Paris qui leur déplaisait tant ?
Barbares ! Vous aviez de carnage et de sang
Souillé ma nation, mutilée et meurtrie ;
Et pour finir le sort de ma pauvre patrie,
Dans l'ombre vous tournez un infâme poignard
Pour l'achever au cœur avant votre départ !
Peuple assassin, barbare, odieux, vil et lâche !
Tu n'as point réussi dans ton horrible tâche.
Tu peux saigner la France, incendier Paris :
Tu n'effaceras point le nom de mon pays.
Il te faudrait du temps pour égaler sa gloire.
Tu n'es qu'à l'a, b, c de sa fameuse histoire ;
Paris fût-il détruit et serions-nous tous morts,
Quatre fleuves diraient gravement sur leurs bords :
« C'était là... c'était là... que se trouvait la France ! »
Restons dans notre deuil, mais sans perdre espérance.
Qui ne sait s'arrêter va tomber à son tour :
Pendant que Sion pleure, Assur touche à son jour.

Mais ce n'est pas assez : le mauvais temps, la peste,
S'ajoutent pour frapper, à leur tour, ce qui reste.
En est-ce fait de toi, France que nous aimons,
Et vas-tu t'effacer du rang des nations,
Toi si belle autrefois, puissante et glorieuse ?
Hélas ! où courons-nous ? notre pente est douteuse...

Ma dame encor me donne une douleur de plus,
Car depuis peu de jours ses sentiments j'ai lus
Sur son regard douteux et qui n'est plus le même.
Tu peux donc oublier la promesse suprême
Que tu me fis tantôt d'un air si gracieux,
Que je crus voir en toi le sourire des cieux ?
Ingrate ! j'admirais ton ardente promesse,
Et j'éprouvais alors un amour plein d'ivresse.
Oh ! tu m'avais paru si belle bien des fois,
Que j'entendais toujours ton agréable voix,
Et que toujours enfin à mes regards présente,
Pour toi je conservais l'ardeur la plus constante.
Et pourquoi, juste ciel ? pour me voir oublier,
Pour voir ton faible amour se soumettre et plier
A l'opposition d'un homme au cœur de pierre.
Mais que dis-je, insensé ? Va, je sais ta manière :
Pour un autre est ton cœur, pour un autre tes vœux,
Et je n'ai qu'à te faire, en pleurant, mes adieux !..

Oh ! reviens vite à moi, douce philosophie !
Reviens me conseiller, ne m'abandonne pas :
Prête-moi ton secours pour consoler ma vie
Sur mon amour trompé, sur tant de maux, hélas !

Lacassagne, le 27 juin 1871.

X.

LES OUVRIERS.

XLI.

« Maintenant que nous avons touché la quinzaine, nous pourrons riboter, j'espère ? — Mon ami, il faudrait cependant songer un peu à l'hiver. — Bah! l'hiver je saurai bien grelotter, s'il faut. »

(Textuel, conversation de deux ouvriers.)

« La plupart des hommes emploient la première partie de leur vie à rendre l'autre misérable. »

(La Bruyère.)

Hélas! oui, c'est cela : — le vent passe, il vous prend.
Dans les bras du plaisir il vous porte, il vous rend :
Vous êtes trop du bois dont on a fait les flûtes;
Et la tentation chez vous n'a pas de luttes,
Facile est sa victoire, et son pouvoir est grand !

Tel paraît sur la branche, hélas! un pauvre oiseau.
Vous méprisez le chaume autant que le château :

En notre Seigneur Dieu vous avez espérance.
Vous ne doutez de rien, vous avez l'assurance :
C'est malheureux, c'est triste, et cependant c'est beau.

Vous voulez votre part des plaisirs d'ici-bas,
Et sur votre avenir vous ne calculez pas.
Mais vous avez pourtant une pauvre famille,
Une femme, des fils, et quelque honnête fille :
Pensez à leur misère, à la honte, au trépas !

Laissez, bons ouvriers, comme d'humbles passants,
Le paradis du siècle aux riches, aux puissants.
Laissez-leur un bonheur qui n'est point sans mélange.
Dieu jusqu'aux plus petits sait envoyer son ange :
De vos privations naîtront de meilleurs temps.

Vous faites toute chose; aux ouvriers l'honneur !
Je voudrais pour plus tard prévoir votre bonheur :
Hélas ! de l'hôpital vous prenez bien la route,
Et sur votre avenir vous me donnez du doute.
Que feront vos enfants ?.. hélas ! pour eux j'ai peur !

Lavilledieu, le 1er avril 1872.

XI.

QUELQUE CHOSE DE BIEN GENTIL,

OU L'ARRIVÉE DU PRINTEMPS.

XLII.

(Petit poëme.)

« Chantez, oiseaux, chantez votre joyeux printemps. »
« Vive le printemps, que la saison est belle ! »

(Chanson.)

CHANT PREMIER.

Le printemps.

Poëte, j'arrive,
Je pare la rive
De l'eau fugitive,
Qui va murmurant ;
La fraîche verdure,
La fleur blanche et pure,
Tout, dans la nature,
Va me célébrant.

Le poëte.

En habit de fête,
Riante et coquette,
La terre s'apprête
Pour un doux hymen;
Sa fleur virginale,
Robe nuptiale,
Sa splendeur royale,
Attendent ta main.

De nouveau la terre
Est jeune et prospère,
Et la primevère
Couronne le pré;
Vois la violette,
Cette humble fleurette,
Qui tient dans l'herbette
Son teint azuré.

Je vois la pervenche,
Et l'arbre qui penche
Sa joyeuse branche,
Et les frais halliers;
La fleur nous abonde;
J'ai vu près de l'onde,
Rêver une blonde,
Sous les peupliers.

Et j'admire encore
De la douce aurore
Le regard, qui dore
L'Orient serein ;
L'oiseau se caresse,
Chante d'allégresse :
Moi, dans la tristesse,
Je reste au chagrin.

CHANT SECOND.

Le printemps.

Un petit nuage,
Sur un fond d'azur,
Arrête sa nage
Dans mon ciel si pur.

Le poëte.

Serait-ce Cythère
Dans son divin char,
Tenant sur la terre
Son lointain regard ?

4

Je vois au vignoble
Tous ces vignerons :
Un travail si noble
Fait courber leurs fronts.

Blanches pâquerettes,
Etoiles d'argent,
L'aspect de vos têtes
Est doux et touchant.

Belle enfant, sur l'herbe,
Et le front serein,
Folâtre superbe :
Je reste au chagrin.

CHANT TROISIÈME.

Le printemps.

Bientôt avec l'hirondelle
Philomèle
Va te chanter sa chanson,
Qui dira de douces choses;
Et les roses
Vont parfumer ma saison.

Le poëte.

J'entends le pinson qui chante,
  Il m'enchante :
Le matin j'aime ses chants ;
J'entends la jeunesse heureuse,
  Et joyeuse,
Qui chante, au retour des champs.

Et bientôt la belle rose,
  Fraîche-éclose,
Brillera dans le jardin ;
Bientôt de douce rosée,
  Arrosée,
L'herbe entourera le thym.

Le lilas, charmant emblème,
  Le lis blême,
Le capricieux zéphyr,
Tout va bénir ton empire,
  Et sourire
A ta voûte de saphir.

Et la rapide hirondelle,
  D'un coup d'aile
Sur nos têtes planera ;
Elle vit dans la famille,
  Et gentille,
Souvent elle causera.

Elle dit dans son langage
Son voyage,
Et ses périls sur les mers ;
De tout elle nous rend compte,
Et raconte
Les marins, les flots amers.

Elle nous dit, inquiète,
La tempête,
Où tremblaient les matelots ;
Elle pleure en quelque sorte
Sa sœur morte,
Sa sœur morte dans les flots.

Elle dit dans son langage
Le rivage
De ces pays étrangers ;
De tout elle nous rend compte,
Et raconte
Peut-être des naufragés.

Mais après votre odyssée,
Bien tracée,
D'une harmonieuse voix,
Hirondelles si gentilles,
Des familles
Vous nous parlez quelquefois.

Dites par votre ramage
    Le ménage
Et ce que vous y voyez :
Des vieillards tout vénérables,
    Admirables,
Sur des enfants appuyés.

La belle enfant ingénue,
    Demi-nue ,
Qui s'échappe de son lit ;
Elle m'offre un charme étrange :
    C'est un ange,
Quand sa prière elle dit.

J'aime son insouciance,
    L'innocence
De son angélique aspect !
Elle n'aime pas encore ;
    Je l'honore,
Son enfance a mon respect.

Et son ingénu sourire
    Semble dire :
Oh ! je suis trop jeune encor !
Garde, enfant, l'insouciance,
    L'innocence,
La paix de ton âge d'or.

On n'aime, chère petite,
 Que trop vite :
Conserve tes jours si beaux ;
Ta sœur, d'un amer sourire,
 Semble dire :
L'amour trouble mon repos.

Alerte, vive et légère,
 La première,
Tu t'échappes de ton lit ;
Mais ta sœur, plus paresseuse,
 Est rêveuse ;
Dans ses yeux l'amour reluit.

Oh ! spectacle qui me touche !
 Sur la couche
Sont le vieillard et l'enfant ;
L'enfant, la bouche mi-close,
 Toute rose,
Tient le vieillard en rêvant.

Et sur sa poitrine vieille
 Il sommeille ;
A demi son petit corps
Est posé sur la vieillesse ;
 O jeunesse,
C'est ainsi que tu t'endors !

Sur la barbe et sur la bouche
      Sa main touche
Le vieillard, qui s'attendrit ;
L'autre main est dans la sienne,
      Rude, ancienne :
L'enfant dort, le vieux sourit.

Et son petit cœur se pose,
      Et repose
Sur le tien, ô bon vieillard ;
Dans tes yeux brille une larme,
      Oh ! quel charme !
Son sommeil fait ton retard.

Fraîche, odorante et vermeille,
      Ta corbeille
Offre au ciel ses fleurs, ses chants ;
Aussi vers la Providence
      Je m'élance,
Et suis triste, ô doux printemps !

CHANT QUATRIÈME.

Le printemps.

Que penses-tu, jeune poète ?
      A ma fête,

Ton âme paraît inquiète
D'un tourment ;
Que penses-tu ? l'amour affable,
Favorable,
Dans ma saison est admirable,
Et charmant.

Le poëte.

L'enfance encor simple et candide,
Et timide,
Sent déjà sous ton ciel limpide
Un désir ;
Telle qu'une rose vermeille,
Qui sommeille,
Dans l'amour elle se réveille :
Doux soupir !

Je sais que dans le bosquet sombre
Chante, à l'ombre,
Au sein de ces rameaux sans nombre,
Un oiseau ;
Et sa joyeuse chansonnette
Nous répète
L'histoire de quelque amourette,
Près de l'eau.

Pendant l'hiver c'était la danse,
  En cadence ;
Mais la promenade, en silence,
  A son tour ;
Des amants que rien n'importune,
  O fortune !
Sous la feuillée, au clair de lune,
  Font l'amour.

Et le zéphyr suit la parole
  Qui s'envole ;
Les fleurs et les amants il frôle,
  Plein d'émoi ;
Tout du printemps bénit l'empire ;
  O zéphyre,
Tu sais ce que l'amour soupire,
  Dis-le moi.

A tes secrets reste fidèle,
  Philomèle ;
Flottez, zéphyrs ; vole, hirondelle,
  Va bon train ;
O lune veille avec mystère
  Sur la terre :
Je reste à la tristesse amère,
  Au chagrin.

CHANT CINQUIÈME.

Le printemps.

Toujours, toujours la tristesse !
Mon ami, que penses-tu ?
Quand tout chante d'allégresse,
Pourquoi paraître abattu ?
Le sommeil et l'espérance
Sont pour vaincre la souffrance,
Et le printemps et ses fleurs
Des cieux marquent le sourire ;
Dieu les donne pour vous dire :
Je veux rajeunir vos cœurs.

Qu'est-ce donc qui te tourmente,
Et te chagrine ici-bas ?
D'une vierge, douce amante,
Déplores-tu le trépas ?
A-t-elle quitté la terre
Sous mon règne si prospère ?
Les parfums et les zéphyrs
L'ont rapportée à Dieu même,
Au scin du bonheur suprême,
Où finissent les soupirs.

Rêves-tu, triste et paisible,
A des parents, des amis ?
Tu me parais trop sensible :
Là-haut, ils sont réunis.
Que leur mort ne t'inquiète,
Et souviens-toi, mon poète,
Que le ciel est un printemps
D'une divine nature,
Dont l'éclatante parure
Doit ravir pour tous les temps.

Gardes-tu, triste et paisible,
Des souvenirs précieux ?
Tu me parais trop sensible :
Tout rajeunit dans les cieux.
Tu regrettes ce qui passe ;
Lève les yeux dans l'espace :
Dis, le ciel n'est-il pas grand ?
Eh bien, tout est comme un rêve :
Le tableau roule et se lève,
Tout s'en va, Dieu le reprend.

Rêves-tu, triste et paisible,
Sur d'inconstantes amours ?
Tu me parais trop sensible :
Changer, c'est aimer toujours.

Comme les arbres , peut-être ,
Tu voudrais pouvoir renaître
Quand finira ton beau temps ?
Quand on est sage et fidèle ,
L'existence est toujours belle ,
C'est toujours la fleur des ans.

Rêves-tu , triste et paisible ,
Sur ta France et sur Paris ?
Tu me parais trop sensible :
Dieu veille sur ton pays.
De ta France , auguste mère ,
Dieu connaît l'épreuve amère ;
Il veut retremper son sang ,
Pour la maintenir plus digne
A la place qu'il assigne ,
C'est-à-dire au premier rang.

Le Poëte.

Mon Dieu , le chagrin t'offense :
C'est vouloir douter de toi !
J'espère en ta Providence ,
O Seigneur , bénis ma foi.
Dieu très-saint , bon , adorable ,
Ta main seule est secourable ;

O Seigneur, protége-nous !
Et nous marcherons sans crainte ;
Nous dirons, d'une ardeur sainte :
« Gloire ! gloire ! » à deux genoux.

Lavilledieu, le 9 avril 1872.

TABLE

DES

PIÈCES DE POÉSIE.

Impr. Dupont et C.